跟著歷史名人去遊歷

長不高大人 晏嬰秀機智

作者──王文華　繪者──王秋香

作者序

看晏嬰如何聰明說話

這位長不高大人，是春秋時代齊國的名人——晏嬰，他就像孔子一樣對後代影響巨大，所以也被尊稱為晏子。

史書上說晏子身材短小，其貌不揚，但是頭腦機敏，能言善辯。齊國在山東，山東人多半長得高大，他卻如此矮小，簡直異於常人。這位奇人不但當了官，而且做到宰相，輔佐了齊國三個國君。

這樣厲害嗎？舉個例子來說，宰相相當於現在的行政院長，我們平均一到兩年換一個行政院長，晏子卻擔任宰相長達五十二年，國君

換了三次，宰相都沒換，沒有本事的話，如何能服人？

晏子人小志氣高，做了很多大事；除了當宰相，幫齊王出謀畫策，還奉命出使各國。在以武力征伐為主的春秋時代，晏子用他的智慧，讓齊國人民身處和平之中。

這一路不好走，人們不斷嘲笑譏諷他，晏子退縮了嗎？不，他依然在各國之間穿梭，縱橫了春秋時代，也在歷史上留下可貴的身影。太陽照在晏子身上，相信他留下的影子並不長，但他留下的故事，卻足以讓我們學習、深思。

讀這本書，除了向晏子學習怎麼說話，更要學會欣賞一個人的優點。當我們能欣賞別人的優點，自然會開始向他學習，從不同人身上各學一點，日久月深，我們就會變得超級厲害了。

那麼，今天就先從晏子的身上，學習他的優點——聰明說話吧！

目次

人物介紹

長不高大人

別人跪在地上都比他高，但這個矮小的人，卻成了齊國的宰相，幫助齊王管理國家。他出使到別國，憑著三寸不爛之舌，讓齊國人民享受和平的歲月。

養馬官伯喜

齊王的養馬官，卻把齊王最心愛的馬養死了，齊王要判他死刑，還好長不高大人救了他。伯喜成了長不高大人的馬夫，他的妻子卻鬧著要離家出走，這讓伯喜百思不得其解呢！

長不高夫人

長不高大人家裡有個又矮又黑又凶的丫頭，每餐只肯給窩窩頭。你別瞧不起她，她其實是長不高夫人。楚王想另外送個美麗的夫人給長不高大人，哎呀！這又矮又黑又凶的長不高夫人該怎麼辦？

齊王

齊王長得怎樣沒人記住，齊王說什麼話也沒人記得，但是，他讓人印象最深刻的是——用了一個矮不隆咚的人當大臣。有一次，他心愛的馬被養死了，看看這個長不高的大臣怎麼處理吧！

楚王

楚王的體型虎背熊腰，視力卻不好，但是春秋時代還沒有眼鏡可以戴。這天，他聽說齊國來了一個長不高大人，他努力睜大眼瞧一瞧，哈！看了半天還是找不到人。

春秋這個年代，各國國君都想稱霸武林，今天你打過來，明天我打過去；想出趟遠門，得經過不少凶巴巴的國家。怎麼辦？還好，我們齊國有一位長不高大人，他只要說句話，別說從齊國到楚國，就算駕著馬車到火星國，應該也沒人敢攔他，不相信？來看故事吧！

故事是這樣開始的……

長不高大人長不高

我們齊國地大物博，武力強盛，人口眾多，但奇怪的是，竟然讓一位長不高大人管理國事。

長不高大人真的長不高，聽說身高不及我的腰。

這麼小的人，卻管這麼大的國家，知道的人都搖搖頭說：「齊國沒人才了嗎？」

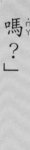

是呀！齊國沒人才了嗎？別的不說，光我們這條街上的男人，個個人高馬大，哪個站出去，不比那個小矮人強呢？

有人猜想：「一定是他很會給齊王灌迷湯，說好話。」

有人判斷：「說不定他有個漂亮的妹妹嫁給了齊王。」

也有人臆測：「搞不好他送了許多金銀珠寶給齊王。」

流言像風一樣颳來颳去，其他國家的使者駕著馬車，紛紛趕來齊國「看熱鬧」。

「你們的長不高大人在嗎？讓他出來，給我們看看吧！」

我們都很生氣，也覺得委屈：「我們不是小丑。」真的，齊國人不是小丑，更不是給人家看笑話的。很多官員都去勸齊王。

大家引頸期盼，齊王什麼時候把長不高大人換下來。說也奇怪，一批一批的人去見齊王，一批一批的人又都回來了。

「他高嗎？」我們問。

從王宮回來的人搖搖頭。

「他家裡有錢嗎？」

他們也搖搖頭。

「他有個漂亮的妹妹？」

「他沒有妹妹，而且姐姐也不怎麼漂亮。」

這下我們更不懂了：「那麼，齊王會把他換下來吧？」

他們又搖頭了。

「為什麼？」

他們看了我們一眼：

「因為，他很會說話，他一說話，大家就沒話好說。」

一匹馬三條罪

快閃「胖」死了，我也死定了！

快閃，是主公最愛的馬。我，負責養牠。

我對快閃比對我的娘子還要好。別的馬一天吃兩頓粗草，快閃一天吃五頓大餐，還加消夜。草是最好的嫩草，豆子是進口的豆料，主公捨不得牠累，下令只能讓牠慢慢走，不能跑，而且除了主公誰也不准騎。

所以牠胖啊！一天比一天胖。

最後就胖死了嘛！

「說來說去都是主公……」

看管大牢的牢頭打斷我說話：「養馬的，你完蛋了。」

還用他說嗎？這是什麼兵荒馬亂的時代，有馬就有一切，可以打仗，可以代步，還能彰顯主人的身分，況且牠還是主公的愛馬。

主公一聽到快閃死了，氣到摔了碗，踢了僕人，下令把我和快閃關在一起。

別忘了，快閃已經死翹翹。所以，我和一匹死掉的胖馬關在一起。

大牢裡的窗開得高，陽光灑進來照在快閃身上。

「臭啊！」我大喊。

牢頭捏著鼻子搖搖頭，「別急，再過兩天，你就跟牠一樣，死得硬邦邦又臭烘烘。」

「對對對，養馬的，到時候

你就會死得硬邦邦又臭烘烘，我現在就奉命帶你去見主公。」

兩個官差捏著鼻子，打開牢門：「把馬養死了，看看主公怎麼處置你？」

我被帶到外頭，深深的吸了一口氣，空氣真是清新，比起那匹死馬……

想到死馬，就想到不久之後我也可能沒有呼吸的機會，忍不住大口吸氣，一直到大殿，面對兩旁的大臣和臉色鐵青的主公時，我都還在用力的呼吸著。

只有快死的人，才能了解空氣和陽光有多美好。

陽光亮亮的，主公的臉臭臭的。

「你！你害死我的馬。」主公朝我扔來一個杯子，噹啷一聲掉在地上，沒破。

主公罵我時，四周很安靜，因為沒人敢反駁他嘛！

我低著頭，專心研究杯子為什麼沒破。

銅做的。我猜。

主公揮揮手：「拖出去砍了。」

侍衛們如狼似虎的衝過來，群臣像是鬆了一口氣，開始對我指指點點。

「主公，等一下。」有個人喊了一聲，頓時四周的動作與聲音暫時凝結。

侍衛不動，群臣安靜，主公和我都回頭看，到底是誰在說話。

那個人又矮又小，就像個小孩，不過他的臉很成熟，看起來像個大人。

啊！是長不高大人。

長不高大人是我們齊國的名人，他像個長不大的孩子，所以大家都不稱呼他原來的名字「晏嬰」，背著他叫他長不高大人。

長不高大人最有名的事蹟，發生在大旱那一年。不對，從那一年的前一年開始，齊國就沒下過一滴雨。

老天不下雨，莊稼長不出來，田裡種的小麥全枯死，家裡的存糧都吃光了。隔年春天要播種的麥子，也都拿出來吃。

為什麼會這樣？很多人說是天神生氣了，一定要去祭天拜神。

老百姓的聲音，也傳進主公的耳裡。他把臣子們都找去商量，主公說：「老百姓都在挨餓，我請國師算了卦，說是高山大河裡有妖邪作怪，寡人打算向百姓募點錢，拿來作為祭祀山神與河伯的費用，大家以為如何？」

這件事一傳出來，我們嚇呆了。

家裡已經沒東西吃，主公還要向我們募錢？這一募下去，我也得去逃荒了。

主公一聲令下，那些當官的沒人敢說個「不」字。

幸好，長不高大人進了王宮，他說：

「祭祀是沒有用的。」

「為什麼？」

「山神的身體是山石，毛髮是草木，這麼久沒下雨，山神

的頭髮都快要枯焦了，身體也被烤得發燙，難道祂不盼著下雨嗎？如果山神有能力降雨，這雨老早就下了，怎麼還需要我們去祭祀祂呢？」

主公問：「既然如此，那我募點錢去祭祀河伯，向祂求雨。」

長不高大人搖搖頭：「河伯管理河流，魚蝦都是祂的子民，這麼久不下雨，齊國境內的每一條河流都快乾枯了，魚蝦也奄奄一息。

祂的子民都快死了，難道河伯會狠心見死不救？主公，如果祂有能力降雨，雨早就下了，所以，祭祀河伯也沒有用啊！」

主公為難的說：「山神、河伯都不能祭祀，該怎麼辦呢？」

長不高大人笑著回答：「主公如果覺得過意不去，不如暫時搬出宮，以大地為床，與山神、河伯共同分憂，或許就能下雨了。」

「那麼，我來試試看吧！」

長不高大人就憑著這幾句話，打消了主公向百姓們募錢的計畫。

對了，他還真的讓主公搬出宮，到野外去住了幾天呢！

巧不巧，主公才去住了三天，就真的降了一場大雨。那雨，喜孜孜的落在齊國每一吋土地上，下了整整三天三夜，把所有的土地都滋潤了，河流和池塘也都灌飽，旱象更是澈底解除。

而從那時候開始，長不高大人的名字，就傳遍了齊國上上下下。

* * *

那現在……死馬的事情怎麼解決？

主公暴跳如雷，他指著我大罵：「晏嬰，別勸我，你知不知道，他把我的馬害死了？」

「主公，這個養馬的該死，只是……我怕他到死都不知道自己為什麼該死。」長不高大人的語氣很平靜。

「馬在人在，馬死人死，怎麼會不知道？」

主公搖搖頭，我也在心裡搖搖頭：「對啊！怎麼會不知道呢？」

大人笑著說：「主公，我來替您向他說明，他才會死得甘心，主公覺得可以嗎？」

主公哼了一聲：「好，就由你告訴他，他為什麼該死。」

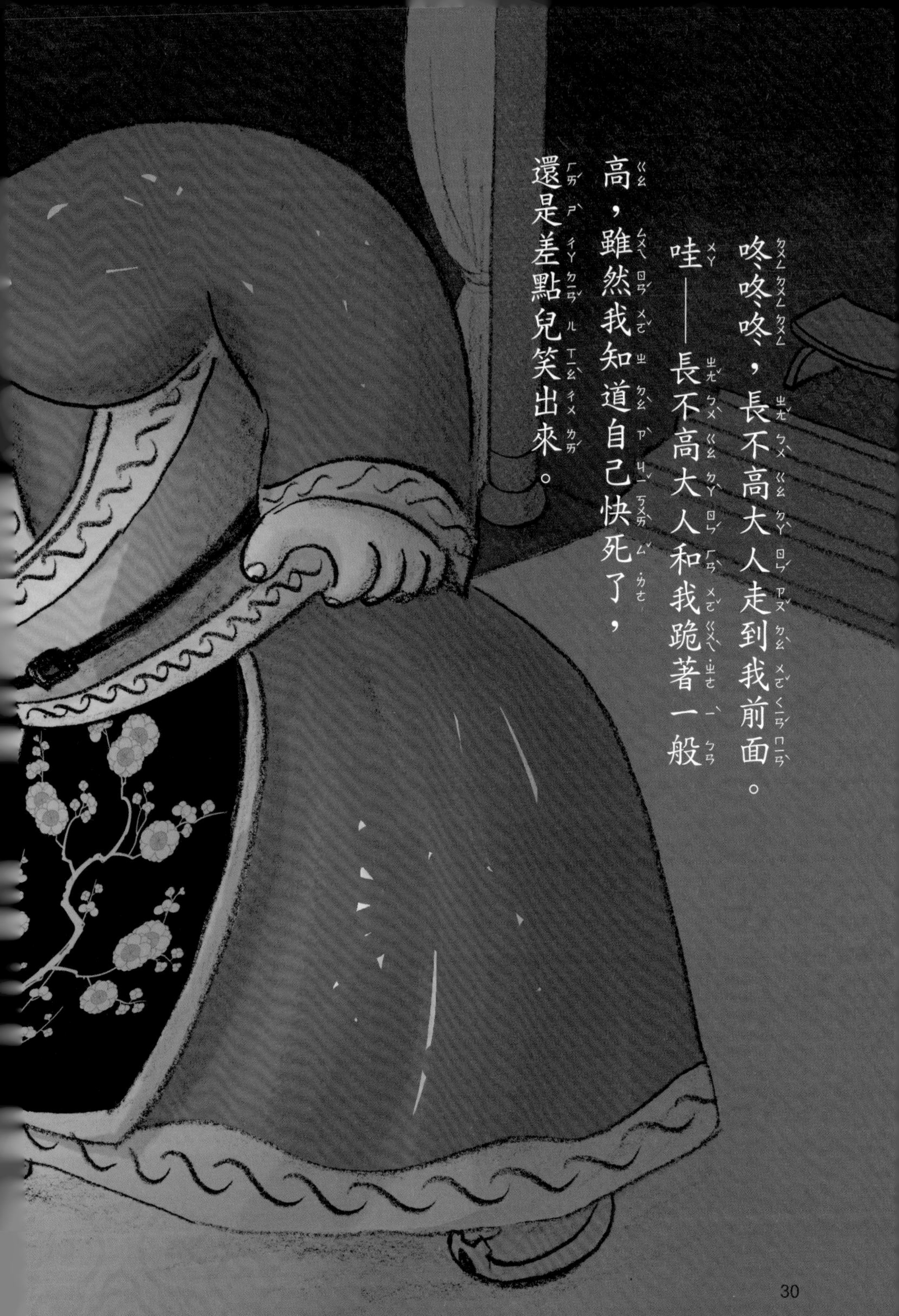

咚咚咚，長不高大人走到我前面。

哇——長不高大人和我跪著一般高，雖然我知道自己快死了，還是差點兒笑出來。

「養馬的，你知不知道，你犯了三條罪。」

「什麼？」死一匹馬三條罪，我有沒有聽錯？

「第一條，主公讓你養馬，馬卻死了，應當判你死刑。」

「對，該死！」主公大叫。

「第二條，你讓主公因為一匹馬而殺人。」

「殺了他！」主公喊著。

「最後，」長不高大人沉吟了一下又說：「第三條罪更大。」

「對，更大。」主公叫到一半突然停下來問：「為什麼？」

我也想知道為什麼，抬起頭，看著大人。

他緩緩的說：「殺了你，大家會說，主公愛馬不愛人，把馬看得比人的性命還重要。這種事一傳出去，其他國家君主會怎麼嘲笑我們？你看，殺了你，害了主公的名聲，害了齊國的名聲，你看你多該死呀！」

「有這麼嚴重嗎？」我悄悄的問。

滿殿的大臣都在點頭，只有主公搖著頭。

「這……」

「主公，三條罪狀都宣布完了，快把他推出去斬了吧！」

「我……」

我看看長不高大人，他緊閉著嘴，偷偷瞄著主公。

主公退了一步，想了好久好久。

幾乎有一整年那麼久吧！終於，主公開口了：「把養馬的放了吧！馬都死了，別再賠上齊國和我的名聲。」

人生氣時容易失去理智，做出錯誤的判斷。
寡人生氣了！這個牙醫為寡人拔一顆牙，花不到三秒，竟然要跟寡人收一千金，敲詐！大騙子！該死！
真的太貴了！
你別急著反駁他。
你說，那該怎麼辦？
大王，下回拔牙時，要牙醫慢慢拔，用一小時拔掉您的牙，那就不貴了。
還是算了吧！
先順著他的話，別馬上否定，他就比較容易聽進你的建議。
相公，我一定要買這件衣服。
買買買，這麼美的衣服，只花我六個月的薪水，真是太便宜了，一定要買！
六個月呀……那還是算了。

伯喜的新工作

快閃死了，我沒死。

只是，沒有快閃，我就沒馬可以養，只能回家。

長不高大人好心的說：「來我這兒工作吧！主公即將派我出使他國，我需要個馬車夫。」

「我……」

「你懂馬，一定也懂怎麼駕馬車。」

聽大人的口氣，他分明是在求我嘛！

那我還客氣什麼？「既然這樣，我們先把條件說清楚，我一天最多工作八個小時，去危險的地方要有危險加給，薪水要提高。你還要提供我吃和住，餐餐至少要三菜一湯，肉是少不了，還有年終獎金……」

「停——」大人打斷我。

難道我要太多了？

「好好好，薪水可以少一點，但是一定要有宵夜和下午茶時間。」我把標準降低了。

「我是想問，你叫什麼名字，該不會就叫做養馬的吧？」

「哎呀！我忘了自我介紹，我叫伯喜，那我們剛才談好的加班費和年終獎金……」

長不高大人搖搖頭，手腳俐落的爬上馬車：

「該給你的，一分不會少，不該給你的，一毛不會加。」

「駕——」我一喊，兩匹老馬開始動了，幾個孩子跟著馬車跑。

「長不高大人來了！」

「長不高大人來了！」

長不高大人聽得眉開眼笑，一點兒也不在乎小孩子嘲笑他。

「駕——」兩匹馬得兒得兒跑了起來。

沿著大街，來到城門邊，向右拐進第二條小巷，門口有兩棵垂柳，那是長不高大人的家。

我很失望，堂堂齊國最大的官，住的房子卻很普通。普通的小門。

普通的三間房。

一個臭臉丫頭。

這丫頭瞪了我一眼，瞪了長不高大人一眼。

「他是新來的馬車夫，名叫伯喜，以後幫我駕馬。」長不高大人對那丫頭客客氣氣的說。

不就是個又醜又矮的丫頭嗎？有什麼好客氣的？丫頭要是沒教訓好，總有一天爬到大人頭上。我哼了一聲，決定讓她知道，我雖然剛來，卻是幫主人駕馬車的高級車夫，不是從早到晚在廚房做得灰頭土臉的下人。

「你——」我指著她說：「我今天晚上胃口很好，我要三菜一湯，炸得金黃酥脆的雞腿，現炒的新鮮蔬菜，燉得熟透的蘿蔔，最好再給我一碗小米粥，粥上再放一顆蛋。」

長不高大人緊張的拉了我一把，我安慰他說：「別擔心，如果不讓她知道誰是主人，誰是高級僕人，誰只是個看門的丫鬟……」

「是妻子。」長不高大人說。

「對，等大人娶了夫人……」

「不，她是我的妻子。」

「哦！這又醜又矮的丫頭是您的夫人？」

長不高大人慎重的點點頭。

「您娶丫鬟當夫人？」

那丫頭瞪著我，我急忙改口：「不不不，我是說您把夫人當丫鬟？」

長不高夫人豆子似的眼珠子盯著我看。

我又講錯了：「是……夫人……」

夫人哼了一聲：「今晚沒有小米粥，只有窩窩頭。」

「我是馬車夫，有什麼吃什麼。」

我吃，長不高大人也坐在我旁邊吃，而且他也是吃三顆窩窩頭。

堂堂齊國大官家的晚餐，一人三顆窩窩頭。

「您怎麼吃得跟我一樣？」

他笑嘻嘻的問：「難道應該不一樣？」

「您是齊國的大官，又是主人，我們怎能吃一樣的東西？」

「你說的真是太有道理，那……」長不高大人指向牆邊說：「那裡。」

一間狗屋。

「我們家只有小狗吃得跟大家不一樣，難道，你要去跟小狗一起用餐？」

他說得興高采烈，我只能悲憤的啃掉窩窩頭。

假日要我載你們出門，那行啊！做一天要補休三天，當天還要提供誤餐費、治裝費，還有我來回的交通補助費，年終獎金要再加發……
停
停
這時你可要堅守原則，別亂答應做不到的事。
平日你雖然上班八個小時，但是我這裡都有記錄：我沒搭車時你在聊天，我搭車時，你都不遵守交通規則……
所以……
平日你摸魚的時間扣掉的薪水，拿來補你的加班費，你還倒欠我……
加班費……
行啊！多顆窩窩頭，但要幫忙倒垃圾。
堅守原則，你就不必自己扛垃圾嘍！

小狗鬥、烏龜鬥和麻雀鬥

風和日麗，春光明媚，實在不像隨時要打仗的年代。

這麼好的日子，馬車轆轆往前走。

我駕車載著長不高大人前往楚國，希望楚國能與我們結盟。在這種戰亂不斷的

年代，多個朋友，總比多個敵人好吧！

齊國在北，楚國在南，馬車要走半個月。

這半個月很難熬，一路上，人們只要看到長不高大人，都會露出奇怪的眼神。

一半是驚訝，一半是嘲笑。

「瞧瞧那個馬車夫……」

「不，是看看他的主人。」

「多矮的人啊！」

我趕著馬車，越走越沒勁兒，真想把耳朵摀起來，但有什麼辦法呢？

住店吃飯時更慘，店家故意給我們偏僻的位子，故意擺放小孩用的碗筷，故意不給我們好臉色看……

趕車趕車！只要馬車走越快，盡早完成使命，我就可以早點脫離苦海。

天微微的亮了，馬車終於抵達楚國。

雄偉的城門前，有個很高很高的人。

「我是楚國的迎賓官，高大柱。」

奇怪的是，城門沒開，高大柱還滿臉賊賊的笑。

「可以進去了吧？」我問。

「是呀！是呀！是該進去了，但是我還在想，要開哪個門。」高大柱故意伸手在長不高大人的身上比來比去，回頭朝著城樓喊：「來人，齊國特使大人到，開三號門迎接。」

「是，三號門。」士兵裡裡外外的喊著，城牆邊的一道小門被推開。

那門……真是欺侮人，那是給狗、貓走的小門。

滿臉鬍渣的士兵在城樓上喊：「嘿——齊國來的矮冬瓜，你就走狗門吧！」

這話一喊，城樓上的士兵都笑了。

士兵一笑，等著進城的人，不管是趕牛的、騎馬的、挑擔的……連抱孩子的人，都跟著笑成一團。

「矮冬瓜。」

「矮冬瓜就該走矮冬瓜門。」

一個挑著裝滿小鴨擔子的爺爺笑岔了氣，擔子掉下來，小鴨全部跑了。

城樓裡裡外外的人，一邊笑一邊追鴨子。

連高大柱都笑彎了腰，還故意瞄著我們。

我下車，準備爬進那個狗門。

長不高大人下了車，哼！他的身高剛剛好，不必爬。

但是他不走，抬頭挺胸站在我們前面，直看著所有人。

「諸位要我走這門？」

「對，你的個子走狗門剛剛好。」高大柱大聲的說。

「不然，還有烏龜門、麻雀門，今天都可以開放給你過。」一個士兵說完，城裡城外又是一陣哄堂大笑。

「這倒也是，如果我去小狗國就該走小狗門，去麻雀國當然要走麻雀門，不過，今天我不是到小狗國，是到楚國。」長不高大人的聲音清清朗朗。

「啊……」

「這……」

長不高大人和藹可親的問：「到小狗國走小狗門，到烏龜國走烏龜門，我晏嬰奉國君的命令來到楚國，你們覺得我該走什麼門？」

「啊！這個……」士兵們搔搔頭。

「嗯……嗯……」高大柱的臉漲紅得跟豬肝似的，猛揮著手：「開門，開門。」

一個士兵還呆頭呆腦的問：「大人，要開哪個門？」

「當然是大門，楚國最大的大門。」

數十個士兵齊聲喊了聲「是！」，高大厚實的門緩緩打開，陽光恰好從裡頭照了出來，照得四周一片光亮。

「駕——」

馬車不疾不徐的走進去，長不高大人笑咪咪，剛才那些嘲笑的話，他都沒感覺似的。

將計就計

哎呀！長不高大人來啦！
謝謝您迎接。
長不高大人沒有傳說中的矮嘛！
是嗎？
你們說，有沒有比楚國的豬高啊？
遇到這樣的人，你先不用跟他生氣。順著他的邏輯，所以……
對啊！您說的是，我真的還沒您高呢！
請勿歧視豬
抗議

矮冬瓜特使

楚國的王宮大，地板涼，大臣多。

大臣排列在兩旁，人影幢幢，看不清有多少人，我們走進去時，傳來一陣一陣怪笑聲。

嘻嘻嘻，噗哧噗哧。

「矮子。」

「真矮啊！」

「果然是矮不隆咚。」

聲音像無數鳥雀細細的叫，

我的心怦怦跳，兩條腿抖呀抖。走在最前面的長不高大人呢？

他不慌不忙，踩著跟平常一樣的腳步，自在從容的走著。

他在齊國王宮裡是這麼走著。

在垂柳邊的家是這麼走著。

在後菜園看花看菜時，也是這麼走著。

是不是他耳背，聽不見別人嘲笑他？

楚王長得粗壯黝黑，鬍鬚雜亂粗硬，感覺像頭黑熊。

黑熊笑著說：「誰是齊王派來的特使呀？」

長不高大人朗聲說：「我。」

楚王瞇著眼，彎著腰，看了看我們：「誰呀？是誰在說話，怎麼看不到啊？」

長不高大人揮揮手：「大王，我在這兒，我是齊王的特使晏嬰。」

這頭黑熊笑得好狂妄：「一個矮冬瓜來當特使？」

「對，我們齊王派我來。」

「哈哈哈。」楚王一笑，大殿上的臣子們全跟著笑了，天啊！我沒看錯，連長不高大人都陪著他笑。

「你長那麼矮，路程一定比別人走更久吧？」

楚王還笑：「你們齊國是沒人了嗎？怎麼派你這個矮冬瓜來當特使？」

「對對對，齊國沒人啦？」

「還是齊國人的個子都這麼高？」

我又氣又惱，這群沒禮貌的人……

長不高大人等大家都笑夠了，和顏悅色的說：「齊國當然有人，我們的臨淄城有七千五百戶。晴天時，太陽大，人們只要張開手，滿天的袖子，臨淄就變成陰天；要是大家還覺得熱，把汗水這麼一揮，臨淄就下雨了。臨淄路上的人太多，走路時只能一個挨著一個，望不到邊，也看不到空隙。」

楚王生氣了：「胡說，如果齊國人這麼多，為什麼要派你出使？」

「沒錯，為什麼要派個矮子出使？」

「明明就是找不到人了。」

幾個大臣尖聲怪叫，像在給楚王撐腰。

長不高大人不慌不忙：「其實我們齊國派使臣要按照規矩的；賢能的人派去賢能的國家；沒有能力的人就派去沒有能力的國家，晏嬰的能力來到楚國最合適啊！」

「啊……能力？賢能？」楚王愣了一下，張口結舌，想了半天也說不出話來。

我在後頭可樂了，長不高大人真厲害，人家嘲笑他，他就是有辦法讓對方自取其辱。

如果長不高大人能力差，那就代表楚國的地位低嘛！

只有承認長不高大人的能力好，才代表楚國的地位夠高。

怎麼辦呢？

楚國臣子沒人想得出該怎麼回應，安靜得像冬天的雪地。

過了好久，一個尖下巴，有著稀疏鬍鬚的大臣突然想到什麼似的，跑向前，在楚王的耳邊說了幾句話。

楚王轉怒為喜，催促著：「還不快去！快快快，快把他帶上來。」

尖下巴大臣連連稱是，低頭退了出去。

楚王看起來心情變好了，命人賜長不高大人坐，還賜酒。

酒還沒上，大殿外傳來一陣喧譁。

「走快一點。」

「你不要拖拖拉拉。」

楚王把酒杯放下，生氣的說：「殿外發生什麼事？沒看見我正在宴請齊國的特使嗎？」

那個尖下巴大臣在殿外朗聲說：

「啟奏大王，是個小偷，正要帶去判刑。」

小偷犯的是小罪，幹麼帶來王宮？

楚王搖頭晃腦的問：「哪裡來的小偷，這麼大膽？」

「回大王的話，這是個齊國人，跑到楚國來犯案。」

「齊國人？」楚王得意洋洋的看看我們：「晏嬰大人，這個小偷來自齊國，難道齊國人的天性是喜歡偷東西嗎？」

「哎呀！是小偷啊！」

「原來是小偷國的特使？」

大殿上又是一片七嘴八舌，原來尖下巴大臣就是去帶小偷

來王宮，故意給長不高大人難看的。

長不高大人反應很快：「生在淮河南邊的橘子，吃起來甜美多汁，但如果它長在淮河北岸，就會又酸又小，味道苦澀。雖然外表看起來一樣，味道卻有很大的不同，為什麼呢？」

「哼！我怎麼會知道。」楚王說。

長不高大人微笑著說：「這是因為水土不同的緣故呀！齊國的人在齊國並不會

偷東西，來到楚國卻成了慣竊，會不會是因為楚國的水土讓他變質了？」

楚王生氣了嗎？他真的生氣了，氣得把尖下巴大臣趕了出去：「去去去，都是你這個尖下巴多嘴。」

他回頭，拉著長不高大人說：「聖人不能欺，寡人今天上了一課，來來來，我們好好聊聊！」

心平氣和

楚王故意抓小偷給你難堪，你怎麼不生氣？
要生氣的場合太多了。
人家故意讓我走小門，要生氣嗎？
人家故意低頭看我矮，要生氣嗎？
人家故意給我坐兒童椅，要生氣嗎？
沒有能力的人，只能選擇生氣。
但我有能力啊！相信自己有能力解決，就可以心平氣和，輕鬆面對任何問題。
哈哈哈！

你，竟敢隱瞞財富？

楚國成了我們的盟友，從此戰場上多了一個幫手，主公好開心。多個盟友，其他國家比較不會來找麻煩，老百姓才有好日子過。

於是，主公送長不高大人很多禮物，賞給他很多財富。

如果我有這麼多錢，一定馬上買棟大房子，換輛金馬車，再請一百個僕人，

一百個士兵。當然也要給辛苦的馬車夫加薪。

可惜，長不高大人連一件漂亮的衣服都沒買，馬車當然還是同一輛；舊舊的，小小的。

走在路上，還是有一群小孩跟在旁邊喊：「長不高大人來了！長不高大人來了！」

我聽了很不開心：「小孩，走開。」那群小孩不走，跟在旁邊嘻嘻笑。

田桓子大人趁機向主公打小報告：「主公賞他那麼多錢財，他卻穿著舊衣服，坐著舊馬車來上朝，故意不讓人知道主公對他的好。」

為了這件事，主公特地到長不高大人的家看一看。

哇——主公難得出王宮，整條路全是衛兵，而我們滿屋子的人正圍坐在一起啃窩窩頭。

主公一看，差點兒昏倒。

「這麼破舊的房子、這麼小的院子、這麼少的僕人。晏嬰，你是齊國的宰相，寡人之下，齊國就數你最大，你怎麼回事，連棟像樣的屋子都買不起？」

聽了這話，長不高大人差點兒被窩窩頭噎到，趕緊說：

「我……當然買得起呀！」

田桓子大人落井下石，大聲的說：「你身為宰相，隱瞞主公的賞賜，這是你的罪過！」

我們替長不高大人捏一把冷汗，他們說的都沒錯。

餐餐都吃窩窩頭，連魚乾也捨不得買。

衣服永遠只有那一百零一套，裡頭都破了，還是不肯做件新的。

說到我的薪水……

唉！我的薪水更別提了。

長不高大人把窩窩頭放下，彷彿那是山珍海味。

「我的罪過？」

「對，你有罪，當罰。」田桓子大人說，主公斜瞄著長不高大人，等著他解釋。

「我身為宰相，要管理齊國上上下下，如果百姓挨餓受凍，臣子怠惰政事，士兵鬆弛警戒，那是我的罪過，」長不高大人神色一正：「但是現在齊國百姓豐衣足食，臣子全都兢兢業業，士兵更在邊境保衛國家，城牆也都修築完善，我沒有過錯呀！」

「但是你隱瞞主公的賞賜！」田桓子大人大聲的說著。

主公點點頭：「對呀！我賞了你那麼多錢財。」

「我用主公的恩賞，讓家族的人都衣食豐足，出入有車可乘，我還用這些錢財，救濟齊國幾百戶人家，請問，我這樣做，是彰顯主公的賞賜，還是隱瞞呢？」

主公一聽，拍拍手：「田桓子該罰酒，害寡人差點兒誤會晏嬰。」

大家笑著喊了聲「是！」，但夫人突然說：「不好。」

長不高大人急忙制止她：「主公說話，怎麼不好了？」

「沒關係，哪裡不好了？」主公問道。

「因為沒預料主公會來，相公沒買那麼多酒。」

「連酒都捨不得買？來人，快回宮把最好的酒搬來。」

主公突然問道：「晏嬰，你連丫頭都訓練得這麼好。」

「啊！回主公的話，她不是丫頭，是我的妻子。」

主公笑著說：「先生的夫人又老又醜，而寡人的女兒年輕貌美，我將她許配給你，如何？」

哇——這真是天大的喜訊！這時，夫人低著頭，快步走回房裡。

長不高大人高興得站起來，向主公鞠躬作揖。

如果是我，我也會很高興的。

長不高大人卻說：「回主公的話，微臣的妻子現在雖然老了，但她年輕貌美時嫁給我，將終身託付給我，我騎著馬用花轎迎娶她進門，許諾將會一生善待她，怎麼能因為主公現在的榮賜，違背對她的誓言呢？」

說到這兒，長不高大人又向著主公拜了拜，委婉的辭謝主公的好意。

主公大概很少被人當面拒絕，臉都漲紅了：「這……這……」

我們都以為主公要生氣了，但沒有，他哈哈大笑：「好個有情有義的晏嬰！好個有情有義的晏嬰！」

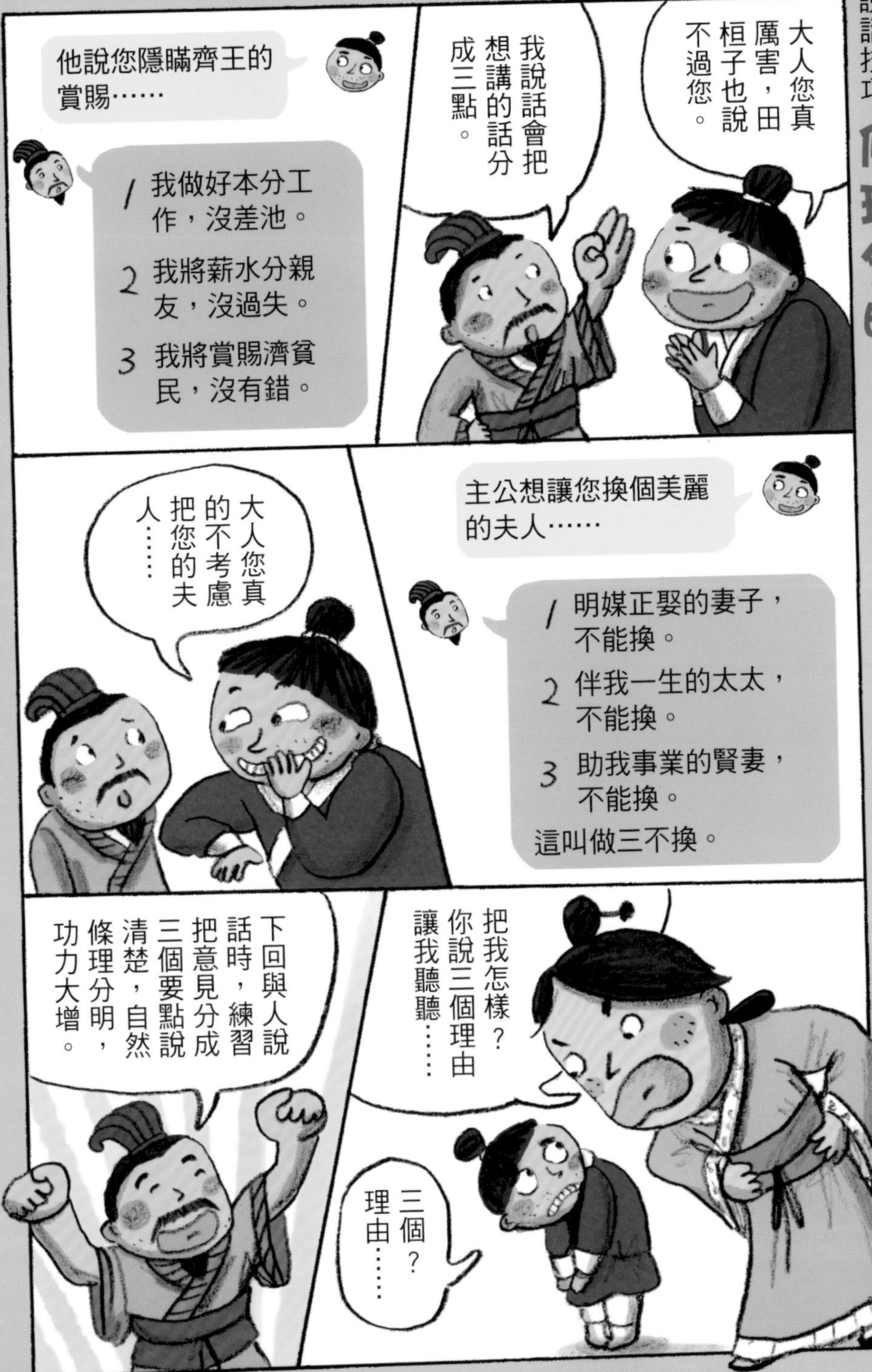
大人您真厲害，田桓子也說不過您。
我說話會把想講的話分成三點。
他說您隱瞞齊王的賞賜……
1 我做好本分工作，沒差池。
2 我將薪水分親友，沒過失。
3 我將賞賜濟貧民，沒有錯。
主公想讓您換個美麗的夫人……
1 明媒正娶的妻子，不能換。
2 伴我一生的太太，不能換。
3 助我事業的賢妻，不能換。
這叫做三不換。
大人您真的不考慮把您的夫人……
把我怎樣？你說三個理由讓我聽聽……
三個？理由……
下回與人說話時，練習把意見分成三個要點說清楚，自然條理分明，功力大增。

娘子背起包袱要去哪？

長不高大人身材矮小，功勞高，主公不斷賞賜他，即使我只是一個趕馬車的，也覺得與有榮焉。

駕著馬車走在街上，人們看見大人到了，竟然不懂迴避。

「走開、走開，你們這些不知死活的東西。」

討厭的是，路上的孩子實在太多了，他們老愛跟在大人的馬車邊跑。

現在更多了一群不知輕重的平民百姓。

「看——是長不高大人。」

「長不高大人來啦！」

只要有人先喊了這話，大街小巷的人都會蜂湧而出，爭著想看看長不高大人。

「去去去，看什麼看？」

「走開，撞到人了我可不管。」

我把馬鞭一揚，馬得兒得兒跑了起來。這兩匹馬雖然年紀大，跑起來還是挺威風的。別忘了，我車上載的可是長不高大人，而我，是替他趕馬車的伯喜。

「伯喜，小心，別傷著人。」

「大人別擔心，沒事的。」

誰不知道我駕馬車的技術高超呢？不然怎麼能幫長不高大人駕車？

「駕——」馬車風馳電掣的跑，兩邊的路人、小販紛紛走避，一個小販的瓜果掉了，一顆大西瓜滾到地上，裂成兩半。

「伯喜，停車！」

「怎麼啦？」我瞪了小販一眼。他又老又窮動作又慢，剛才如果不是我的技術好，他的攤子就要撞上我們的馬，馬兒一嚇，馬車一定翻，長不高大人不就……

長不高大人簾子一掀，跳下車，扶起那個小販。

「我的瓜。」

這小販還好意思喊？

「我賠你，不好意思。」

我憤憤不平：「是他不對，他的攤子幾乎占了半條街。」

「是你的馬車走太快。」小販抱怨。

「是你自己不收好。」

我更生氣。

長不高大人把我們分開，他給了瓜販一點錢，回頭對我說：「走吧！」

「明明是他不對。」

「西瓜攤不會跑，但你的

馬車會跑。」長不高大人悠悠的說：「別忘了，你在幫我駕馬車，你就代表我。」

「我……」

對呀！長不高大人這麼一說，提醒了我。我是堂堂齊國宰相的馬車夫，除了主公，誰見了我都要低頭！

一想到這兒，我把馬鞭揚起來，啪——

馬車用最快的速度，鑽出熱鬧的大街，回到長不高大人的家，他回家，我也回家。

我家的大門開得大大的，鍋子冷冷的，娘子背著包袱正要出門。

「你要上哪兒去呀？天都快黑了。」
「回家。」
「這就是你的家，你要回哪個家？」
「娘家。我要跟你離婚，不要跟你過日子了。」
「咦？為什麼？你不知道我現在是長不高大人的馬車夫嗎？」
一聽完這話，娘子把包袱放下，正正經經的對我說：「你看長不高大人，雖然身高不到六尺，卻是齊國的宰相，海內外的人都知道他，也敬佩他。我看他坐車時，低頭沉思，態度謙虛，遇到人還會笑咪咪的打招呼。」
我急了：「那不是很好嗎？」

「不好的是你啊！」

「我？」

「今天我在街上，遠遠的看你在趕車，那一副神氣自滿的樣子，彷彿你才是齊國宰相。你身長八尺男子漢，卻只是一個馬車夫。」

「這……」

平時娘子只專心照顧家裡的事情，今天說起理來，簡直就像長不高大人。

「只是個馬車夫就這麼蠻橫，要是哪一天你升了一點官，豈不是要爬上天，鄙夷天下人了？我才不想跟一個如此驕傲自滿的人過日子。」

她說完，包袱一拿，孩子一抱，準備要走了。

我急急忙忙拉著她：「你……你別走，我保證……」

「保證什麼？」她腳步停了一停。

「我是馬車夫，就做個老老實實的馬車夫。」

「不驕傲了？」

我接過孩子和包袱：「再也不敢了，娘子，今天想吃什麼，我來下廚。」

她笑了笑，打開鍋蓋，嗯，裡頭有十二個窩窩頭。

咬一口窩窩頭，只要娘子和孩子在身邊，窩窩頭就是我的山珍海味。

* * *

那群孩子還是在馬車邊跑。

「小心別摔著。」我說。

孩子們嘻嘻哈哈，繼續跑。

「長不高大人來啦！」巷口老人家這麼一喊，街頭巷尾的人們都圍了過來。

「是長不高大人呀！」

「真的沒長高嘛！」

「對對對，麻煩大家讓一讓。」我喊著，他們不理我，我只好把馬車慢下來，讓大家看個夠，等他們都覺得滿意了，車子才緩緩的向前走。

長不高大人「咦？」了一聲。

今天沒撞到人，也沒踢到西瓜。

「奇怪了？這幾天沒聽到你趕人，也沒聽到你罵人！」長不高大人很疑惑。

我搔搔頭，這可不好意思說。

「到底怎麼回事？」

唉！我只好把娘子的話全告訴他。

「你不錯嘛！能把妻子的勸告聽進去，還能立刻改進。太好了，明天開始，你別趕馬車，來幫我辦事吧！」

「我……我只是個趕馬車的。」我結結巴巴。

「別忘了，」長不高大人看看我：「當年你也只是個養馬的，天下無難事，就怕養馬人……」

哈哈哈，長不高大人這麼一說，我把馬鞭一揚，樂得想讓馬兒跑一跑！突然想到，要是我娘子看到，那可不得了！

誇獎會帶來正向力量，懂得適時誇獎別人，走到哪兒都受歡迎。
伯喜，你變得謙虛有禮。
我娘子要我別驕傲。
你不會因為塞車煩悶了。
因為大人教得好。
是你肯虛心向學。
都是大人的功勞，沒有大人哪有我。
你真是個懂得感恩的馬車夫。
那您就是個知人善任的好大人。
我們就不要客套了。
哈哈哈……
沒關係啦！反正我們的車塞在這三天了，不知道還會塞多久，來吧！我們繼續互誇下去……

後記

後來的後來，我和長不高大人一同出使很多很多國家。

白羊國、黑貓國、長耳朵兔子國……

大人總是不負國君所託，如期完成使命。我最喜歡的，就是辦完差事，駕車回齊國的時候，天南地北的和大人聊天。

「伯喜，你長那麼高，不怕撞到門框嗎？」

「還好啦！不像您，遇到高高的門檻，還得我抱著跨過去呢！」

「伯喜真是伶牙俐齒！」

「整天陪您出使，口才不佳行嗎？」

「那倒是，或許……」夕陽西下，長不高大人笑嘻嘻的說：「下回出使紅鶴國，就由你去吧！」

「紅鶴國……我不敢……我當欽差大人，您來駕車，我哪敢坐您駕的馬車啊！」

「哈哈哈！」長不高大人開心的說：「等我退休了，我們就組個相聲團，去講相聲吧！」

「就這麼說定。」我揚揚馬鞭，若再趕一趟路，太陽下山前應該能回到齊國了。

古話今說

古人這麼說：

晏子舉戈而臨之，曰：「汝為吾君養馬而殺之，而罪當死；汝使吾君以馬故殺圉人，而罪又當死；汝使吾君以馬故殺人，聞於四鄰諸侯，汝罪又當死。」公曰：「夫子釋之！勿傷吾仁也。」

現代的意思是：

晏子對養馬人說：「你為主公養馬，卻把馬養死了，這是死罪一；你讓主公為馬而殺人，這是死罪二；這件事傳出去，其他諸侯會因此嘲笑主公，這是死罪三。」

齊景公說：「先生放了他吧！別讓他傷害我仁義的好名聲。」

古人這麼說：

晏子使楚。

楚人以晏子短，楚人為小門於大門之側而延晏子。

晏子不入，曰：「使狗國者從狗門入，今臣使楚，不當從此門入。」

現代的意思是：

晏子出使到楚國。

楚國人因為晏子身材矮小，在大門旁邊開一個小門讓晏子進去。

晏子不進去，說：「出使到狗國的人才走狗門進去，今天我出使到楚國來，不應該從這個狗門進去。」

古人這麼說：

見楚王。王曰：「齊無人耶？使子為使。」

晏子對曰：「齊命使，各有所主：其賢者使使賢主，不肖者使使不肖主。嬰最不肖，故宜使楚矣！」

現代的意思是：

晏子拜見楚王。

楚王說：「齊國沒有人了？竟派你當使者。」

晏子說：「齊國派遣使臣有各自出使的對象：賢明的人出使賢明君主的國家，沒有才德的人就出使無能君主的國家，我最無能，只好來這兒了。」

古人這麼說：

既而歸，其妻請去，夫問其故，妻曰：「晏子長不滿六尺，身相齊國，名顯諸侯。今者妾觀其出，志念深矣，常有以自下者。今子長八尺，乃為人僕御；然子之意自以為足，妾是以求去也。」

現代的意思是：

馬車夫回到家，他的妻子要求離婚，馬車夫問她怎麼了？妻子說：「晏子身高不到六尺，卻擔任齊國宰相，聲名遠揚。我看他出門時，帶有志向遠大的神情，沒有高高在上的樣子。你身高八尺，是人家的馬車夫，卻是一臉驕傲，我決定跟你分手。」

繪童話

跟著歷史名人去遊歷：長不高大人晏嬰秀機智

作者：王文華　繪者：王秋香

總編輯：鄭如瑤｜責任編輯：王靜慧｜內頁設計 & 美術編輯：林佳慧

封面設計：萬亞雰｜行銷副理：塗幸儀

出版：小熊出版／遠足文化事業股份有限公司

發行：遠足文化事業股份有限公司（讀書共和國出版集團）

地址：231 新北市新店區民權路 108-3 號 6 樓｜電話：02-22181417 ｜傳真：02-86672166

劃撥帳號：19504465 ｜戶名：遠足文化事業股份有限公司

Facebook：小熊出版｜ E-mail：littlebear@bookrep.com.tw

讀書共和國出版集團網路書店：www.bookrep.com.tw

客服專線：0800-221029 ｜客服信箱：service@bookrep.com.tw

團體訂購請洽業務部：02-22181417 分機 1124

法律顧問：華洋法律事務所／蘇文生律師

印製：凱林彩印股份有限公司

初版一刷：2021 年 4 月｜初版六刷：2024 年 4 月｜定價：320 元

ISBN：978-986-5863-92-0（紙本書）、978-986-5593-16-2（EPUB）、978-986-5593-19-3（PDF）

書號：0BIF0028

國家圖書館出版品預行編目 (CIP) 資料

跟著歷史名人去遊歷：長不高大人晏嬰秀機智／
王文華作；王秋香繪 . -- 初版 . -- 新北市：小熊出
版：遠足文化發行，2021.04
104 面；21x14.8 公分 . --（繪童話）
ISBN 978-986-5863-92-0（平裝）

863.596　　　110001561

小熊出版官方網頁　　小熊出版讀者回函